...adm yn cael mynd i Ysgol y Môr-ladron.

Ond mae Smic, Ela, Macs a Cwrls wedi smyglo un ar y llong …

… ac mae Patagonia Goesbren, y brifathrawes, yn ceisio dod o hyd iddo.

Jeremy Strong

Ysgol y Môr-Ladron

Ble mae'r Ci 'na?

Darluniau gan Ian Cunliffe

Trosiad gan Elin Meek

DREF WEN

Cyhoeddwyd gyntaf yn Saesneg yn 2004
gan Penguin Books Cyf. 80 Strand, Llundain WC2R 0RL
dan y teitl *Pirate School: Where's That Dog?*.

Cyhoeddwyd 2009 gan Wasg y Dref Wen,
28 Ffordd yr Eglwys, Yr Eglwys Newydd,
Caerdydd CF14 2EA, ffôn 029 20617860.

Noddwyd gan Lywodraeth Cynulliad Cymru.

Argraffwyd yn Singapore.

Cynnwys

1. Newyddion Drwg

Hoffet ti fynd i Ysgol y Môr-ladron? Petait ti'n cwrdd â'r brifathrawes, mae'n debyg na fyddet ti. Meddylia am fwystfil â wig fflamgoch. Nawr rho ddwylo mawr fel bachau iddi, a choes bren. Rho'r bwystfil mewn llong fôr-ladron fach ar olwynion, gyda chanonau hefyd. Dyna'r brifathrawes, Patagonia Goesbren.

Mae hi'n hoffi codi ofn ar bawb. Ei phwnc gorau yw Gweiddi. Mae hi hyd yn oed wedi ennill gwobr am wneud. A'r bore arbennig hwn roedd tipyn o hwyl gweiddi arni.

"Pwy sydd wrth y drws? Miss Brwynen, agorwch y drws. BRYSIWCH, WIR!"

Rhuthrodd ysgrifenyddes yr ysgol ar draws yr ystafell, a'i ffrog yn ei nicers. (Dyfala beth roedd hi wedi bod yn ei wneud!) Agorodd y drws a dyna lle roedd y postmon. Roedd ganddo lythyr pwysig i Patagonia. Hefyd roedd ganddo gi'n sownd wrth ei goes.

"Ci strae yw e," meddai'r postmon.
"Dw i'n meddwl yr hoffai ddod adref
gyda mi, ond chaiff e ddim."

"Fe ofalwn ni amdano," gwenodd
Ela Fach.

"O na, does dim cŵn i fod ar fy
llong fôr-ladron i!" rhuodd Patagonia.
"Nawr rhowch y llythyr yna i mi ac i
ffwrdd â chi – a gwnewch i'r ci 'na
gerdded y bompren!"

Caeodd Patagonia'r drws yn glep yn wyneb y postmon.

"Roedd e'n gi hyfryd," meddai Ela Fach. "Trueni na allen ni ofalu amdano."

"Ond fe allwn ni!" chwarddodd
Smic. "Edrycha beth wnes i!"

"Blew yw ei enw fe," meddai Macs
wrtho.

"Sut gwyddost ti?" gofynnodd Cwrls.

"Achos dw i newydd roi'r enw iddo
fe. Bydd yn rhaid i ni guddio Blew yn
rhywle."

Daeth sŵn rhuo ofnadwy o gaban
Mrs Goesbren. Roedd hi newydd
ddarllen y llythyr PWYSIG IAWN.

"Raaaa! Rydyn ni'n mynd i gael
arolygiad. Dw i'n casáu arolygiadau a
dw i'n casáu arolygwyr! Os na chawn
ni farciau da, fe fyddan nhw'n cau'r

ysgol yma a chaf i ddim gweiddi ar
neb byth eto. Raaaa arall!"

2. Yr Arolygiad yn Dechrau

Cyrhaeddodd dau arolygydd môr-
ladron y diwrnod canlynol.
Roedd Miss Hirfys mor fawr â
rhinoseros. Roedd hi'n gwisgo clwt
llygad â thwll ynddo, er mwyn gweld
allan. Roedd gan Mr Gwgus goes bren

ac wyneb fel llyffant. Roedd ganddo
ddwy goes sbâr wedi'u gosod yn ei
wregys. Byddai'n eu taflu pan oedd yn
teimlo'n flin a chrac. (Coesau taflu
arbennig – roedden nhw'n dod 'nôl
ato bob amser, fel bwmerangau.)

Cyflwynodd Patagonia ei staff i'r arolygwyr.

"Mae Mrs Rhyddrech a'i thwcan yn dysgu siglo ar raffau. Mae Gerwyn Gwyllt yn dysgu cerdded y bompren, a dyma Miss Cledd. Mae hi'n dysgu ymladd â chleddyfau."

Snwffiodd Miss Hirfys yn uchel. "A

phwy sy'n dysgu hwylio?"

"Fi," meddai Patagonia, oedd yn un
o forwyr gwaethaf y byd, siŵr o fod.
Ar hynny, daeth sŵn cyfarth uchel.

"Does dim cŵn i fod ar fwrdd y
llong," cwynodd Mr Gwgus.

"Does dim ci ar y llong hon!"
rhuodd Mrs Goesbren.

"Bow-wow!" meddai Macs. "Fi oedd e. Jôc dda."

"Rydyn ni eisiau gwylio eich gwersi chi," chwyrnodd Mr Gwgus. "Fe gawn ni wylio siglo rhaff yn gyntaf. Ti, fachgen, ar y rhaff."

Doedd Smic ddim yn hoffi siglo ar raff. Roedd rhaffau'n rhy debyg i nadredd a doedd Smic byth yn gwybod pa ffordd y bydden nhw'n troi.

"Dringa'n uwch!" meddai Mrs
Rhyddrech yn swta, gan roi pwt i
Smic â ffon. "Sigla nawr!"

Siglodd Smic allan dros y dŵr, ben i
waered. Aeth ymhellach allan ac felly
roedd e'n dod 'nôl i mewn yn gynt a
chynt.

"Symudwch!" gwaeddodd Cwrls.

"Paid â dweud wrtha i am symud, y plentyn anghwrtais," meddai Mr Gwgus, a dyma Smic yn taro i mewn iddo. Cafodd Mr Gwgus ei fwrw dros yr ymyl. Wiiiiiii – sblosh!

Snwffiodd Miss Hirfys. "Marciau allan o ddeg am siglo ar raff – sero."

Marciau am gwympo i'r môr: Deg!

Roedd Patagonia'n gynddeiriog.
"Sero allan o ddeg? Y plant da i
ddim! A dydych chi'r athrawon ddim
llawer gwell. Fe allai ci roi gwell
gwersi na hynny. A dw i'n siŵr i mi
glywed ci."

"Bow-wow! Bow-wow!" meddai
Cwrls. "Fi oedd wrthi'r tro hwn."

"Raaaa! Rho'r gorau iddi a cher i
helpu Mr Gwgus."

3. Herc, Cam a –
O'r Nefoedd Wen!

"Rydyn ni eisiau gweld ymladd â chleddyfau nawr," mynnodd Mr Gwgus gwlyb iawn.

Rhoddodd Miss Cledd gleddyfau pren i Macs ac Ela Fach. Gwenodd ar yr arolygwyr. "Rydych chi'n mynd i

fwynhau hyn yn fawr."

Roedd Macs yn dda iawn â'i gleddyf, ond doedd Ela Fach ddim yn hoffi pethau pigog. Roedd Ela Fach yn hoffi bale, felly wrth i Macs neidio a hyrddio, dim ond troelli roedd hi. Pan fyddai Macs yn ceisio'i tharo â'i

gleddyf, byddai Ela'n llamu i'r awyr.

Rhedodd Macs ar ei hôl. "Dyw hyn ddim yn deg. Aros yn llonydd imi gael dy drywanu di!"

Ond dim ond chwerthin wnaeth Ela Fach a dal ati i ddawnsio a neidio. Rhedodd Macs ar ei hôl o gwmpas y

... Llyn y Twcanod oedd enw'r bale. Ha ha!

llong tan iddi guddio y tu ôl i Miss Hirfys.

Neidiodd Macs ymlaen, ond methodd Ela a tharo Miss Hirfys yn ei phen-glin.

"Pengliniau poenus!" cwynodd Miss Hirfys, gan hercian o gwmpas y dec.

Bwriodd i mewn i Miss Brwynen. Cwympodd honno i mewn i gwchbram Mrs Goesbren a dyma'r tair ohonyn nhw'n gwibio am yn ôl, yn syth i lawr y grisiau ac i mewn i grombil y llong.

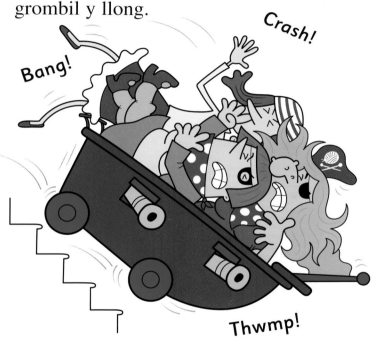

Tynnodd Mr Gwgus ei lyfr nodiadau allan. "Marciau allan o ddeg am ymladd â chleddyfau – sero."

"Mae fy mhen-glin yn boenus,"
cwynodd Miss Hirfys.

Aeth Cwrls i nôl y cit cymorth
cyntaf. "Fe rof i rwymyn amdani."

"Marciau am gymorth cyntaf – sero," meddai Mr Gwgus o dan ei anadl. "Dydych chi ddim yn gwneud yn dda o gwbl."

"Bow-wow!" meddai Blew, a oedd yn hoffi bod yn ddisgybl newydd yn Ysgol y Môr-ladron.

"*Mae* 'na gi yma!" gwaeddodd Miss

Hirfys, a chodi'i chlwt llygad i gael
gweld yn well.

"Bow-wow! Bow-wow! Bow-wow!"
meddai Cwrls, Macs, Smic ac Ela
Fach fel côr. "Ni oedd yn cyfarth!"

4. Blew i'r Adwy

R oedd yr arolygwyr yn mynd yn flin ac yn grac. Dywedodd Miss Hirfys y byddai'n well i'r wers nesaf fod yn dda dros ben.

"Dw i eisiau gweld a ydych chi i gyd yn gallu cerdded y bompren yn iawn."

"A-ha, io ho ho ac ati," gwaeddodd Gerwyn Gwyllt. "Chewch chi mo'ch siomi, cariad!" Chwythodd gusan at Miss Hirfys a gwridodd hithau.

"Dewch, y cnafon cwynfanllyd!" gwaeddodd Gerwyn. "I fyny ar y bompren â chi."

Doedd y plant ddim yn hoffi'r bompren o gwbl.

"Mae Gerwyn yn ein gorfodi ni i neidio ac wedyn rydyn ni i gyd yn gwlychu," cwynodd Macs. "Wel, dw i ddim yn mynd i neidio'r tro hwn."

"Na ninnau," meddai'r lleill, gan

ffurfio rhes y tu ôl iddo.

"Neidiwch!" bloeddiodd Gerwyn
Gwyllt.

Peidiwch â neidio –
hedfanwch!

"Neidiwch!" rhuodd Patagonia.

"Na!" gwaeddodd Macs yn ddewr.

Roedd Gerwyn Gwyllt yn
gynddeiriog a dringodd ar y bompren.
Roedd gormod o ofn arno i fynd yn
bell iawn, felly dechreuodd neidio i
fyny ac i lawr, gan geisio gwneud i'r
plant neidio. Ond roedd y bompren yn
plygu fel astell blymio, felly bob tro

roedd e'n neidio roedd e'n gwneud i'r
plant hedfan i'r awyr.

Bwingng! Bwingng! Bownsiodd y
plant yn uwch ac yn uwch, ac yn lle
glanio yn y môr roedden nhw'n glanio'n

ar y bompren o hyd.

Roedd Gerwyn Gwyllt mor grac fel y rhoddodd un naid olaf enfawr a glanio'n drwm. Cododd y plant i'r awyr.

"Help!" gwaeddon nhw. "Rydyn ni'n siŵr o gwympo i mewn i'r môr y tro hwn!"

"Bow-wow!"

Neidiodd Blew i'r golwg yn nyth y
frân. Cydiodd y ci clyfar yng nghoes
Macs. Estynnodd Macs i lawr a
chydio ym mraich Cwrls. Cydiodd
Ela'n dynn ynddi hi a chydiodd Smic

Mae'n union fel
bod yn y syrcas.

yn Ela Fach.

"MAE 'NA GI YMA!" bloeddiodd
pawb ar y dec. A'r tro hwn cadwodd
Blew yn dawel, achos petai'n agor ei

geg byddai'n gollwng pawb!

Roedd yr arolygwyr yn gynddeiriog. Taflodd Mr Gwgus un o'i goesau sbâr at Blew. Roedd y ci'n meddwl mai darn o bren oedd e ac aeth i'w ddal. O diar! Camgymeriad mawr, oherwydd nawr dyma Blew yn gollwng y plant, ac i lawr â nhw.

"Waaaaaa!"

BWWMMFFFF!

Glanion nhw'n glewt ar ben Miss Hirfys – roedd yn union fel glanio ar fatras enfawr.

Druan â Miss Hirfys. Gwthiodd ei
phen allan o dan y pentwr o blant a
chwifio'i llyfr nodiadau.

"Marciau allan o ddeg am y
bompren – sero."

Chwyrnodd a rhuodd Mr Gwgus ar

Patagonia. "Mae'ch disgyblion chi'n anobeithiol, a'r staff hefyd. Ac mae ci ar y llong. Fory, fe gewch chi un cyfle olaf i ddangos pa mor dda rydych chi'n hwylio. Gwell i chi gael gwared ar y ci neu fe fyddwn ni'n cau eich ysgol chi!"

5. Yr Helfa'n Dechrau

Y noson honno, roedd Patagonia'n methu cysgu. "Dw i'n anobeithiol am hwylio. Fory fe fydd yr arolygwyr yn gweld hynny ac yn cau'r ysgol."

Sleifiodd Blew i mewn. Neidiodd ar y gwely, cwtsio ar ben Patagonia a llyfu'i hwyneb.

Gwgodd Patagonia a chwyrnu'n gas, ond cyn hir daeth gwên fach, fach i'w gwefusau, ac yn fuan roedd hi'n cysgu'n drwm.

Wrth gwrs, roedd pawb yn gwybod
bod Patagonia'n anobeithiol am hwylio.
Wedi'r cyfan, ar eu taith cyntaf gyda hi,
roedd hi wedi cwympo i'r môr.

"Dw i ddim eisiau i'r ysgol gau,"
sibrydodd Cwrls. "Mae'n hwyl. Dw i'n
credu y dylen ni helpu Mrs Goesbren."

Cafodd Smic syniad. "Gadewch i ni hwylio i ffwrdd, ac wedyn fydd yr arolygwyr ddim yn gallu'n dal ni."

Io ho ho! Miwtini arall!

Roedd y criw'n meddwl bod hwn yn syniad gwych, felly codon nhw'n gynnar iawn yn y bore a chodi'r angor. Agoron nhw'r hwyliau a dechreuodd y gwynt eu llenwi. Cymerodd Cwrls y llyw a llywio'r cwch o'r harbwr.

Newydd adael wal yr harbwr roedden nhw pan welodd yr arolygwyr beth oedd yn digwydd.

"Rhwystrwch yr ysgol rhag dianc!" gwaeddodd Miss Hirfys. "Dewch, Mr Gwgus, ar eu holau nhw!"

Neidiodd yr arolygwyr i mewn i'w cwch a mynd ar eu holau nhw.

"Maen nhw'n dal i fyny," rhybuddiodd Ela Fach.

"Mwy o hwyliau!" gwaeddodd Cwrls. Trodd y llyw un ffordd ac yna'r ffordd arall. Dechreuodd cwch y môr-ladron igam-ogamu ar draws y bae.

"Llwythwch y canonau!"
gorchmynnodd Macs. "A phan fydda
i'n gweiddi 'Trowch yn syth!' ewch
am 'nôl tuag at yr arolygwyr."

6. Syndod Mawr!

A eth Smic ac Ela i lwytho'r canonau. Rhoddodd Macs orchymyn i'r llong droi, a chyn bo hir roedden nhw'n gwibio 'nôl.

"Taniwch!" bloeddiodd Macs.

CLEC!!

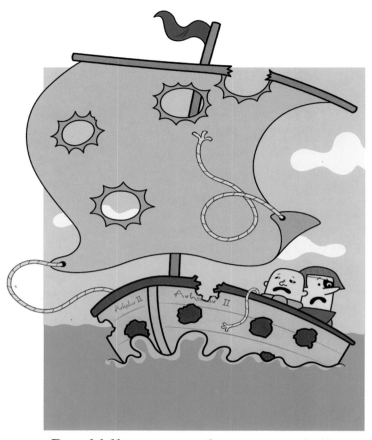

Roedd llong yr arolygwyr yn dyllau
i gyd. Daeth i stop.

"Parti byrddio ar y llong!" gwaeddodd
Smic, a chroesodd y pedwar plentyn ar
raffau at long y gelyn.

"Cymerwch nhw'n garcharorion," gorchmynnodd Ela Fach wrth iddyn nhw fynd at Mr Gwgus a Miss Hirfys. Ceision nhw ymladd 'nôl, ond cawson nhw eu trechu'n syth.

"Rhag eich cywilydd chi am wneud
hyn i ni!" meddai Mr Gwgus wrth iddyn
nhw gael eu gwthio ar fwrdd llong y
môr-ladron. "Arolygwyr ydyn ni! Rydych

Rhowch y gorau iddi!

chi wedi dinistrio ein llong. Mae hi'n
suddo. Does ganddoch chi ddim hawl!"

"Tawelwch!" rhuodd Cwrls.

"Bow-wow!" meddai Blew, gan

ddatod lasys esgidiau Mr Gwgus.

"A does dim hawl cadw ci chwaith!" gwaeddodd Miss Hirfys.

Gwgodd Macs ar y carcharorion. "Os ydych chi'n mynd i wneud cymaint o helynt, fe fydd yn rhaid i ni wneud i chi gerdded y bompren. Ewch ar y bompren – nawr!"

SBLISH! aeth Gwgus i'r dŵr.

SPLASH! aeth Miss Hirfys wedyn.

SPLOSH! aeth Blew, oedd eisiau bod yn wlyb.

Ci yn y môr!

Erbyn i'r athrawon ddihuno roedd y cyfan ar ben.

A phan welodd Patagonia Goesbren yr arolygwyr yn y môr, a'u cwch yn suddo gerllaw, roedd hi wedi dychryn.

"O na! Rydych chi wedi'i gwneud

hi nawr. Fe gaiff yr ysgol ei chau ac
fe gaf innau fy anfon i'r carchar i fyw
ar fara a dŵr, bw-hw, bw-hw!"

7. Deg Allan o Ddeg o'r Diwedd!

Pesychodd a phoerodd Miss Hirfys. Gwnaeth ei gorau glas i arnofio wrth dynnu'i llyfr nodiadau allan.

"Marciau allan o ddeg am hwylio – deg!" gwaeddodd. "A dw i erioed wedi gweld cystal arddangosfa hongian o raffau, ymladd â chleddyfau a defnydd o'r bompren."

"Dw i'n cytuno," tagodd Mr Gwgus.

"Felly gadewch i ni weld – pedwar lluosi â deg, faint yw hynny i gyd 'te …"

Ceisiodd Mr Gwgus gyfrif â'i fysedd, methodd nofio a suddodd o dan yr wyneb. Plymiodd Blew i'r dŵr a'i dynnu'n ôl. Wrth iddo godi i'r wyneb gwaeddodd, "Chwe deg tri!"

"Da iawn," meddai Patagonia, oedd yn gwybod bod pedwar lluosi â deg yn gwneud o leiaf, wel, pedwar deg. "A beth am y ci?" (Roedd Patagonia wedi dod yn eitha hoff o Blew.)

"O ie, ci bach hyfryd," cytunodd
Miss Hirfys, wrth i Blew ei thynnu
gerfydd ei choes i ymyl y llong.

Edrych, mae'r ci'n
gallu nofio fel ci!

"Ci bach
da iawn," poerodd Mr Gwgus, wrth i
Blew ei dynnu gerfydd ei glust.

Felly roedd pawb yn hapus.
Rhoddodd yr arolygwyr adroddiad

gwych i'r ysgol. Trefnodd Mrs
Goesbren barti enfawr. Ceisiodd
Gerwyn Gwyllt roi cwtsh a chusan i
Miss Hirfys. (A doedd dim gwahaniaeth
ganddi!) Rhoddodd Mr Gwgus wers i
Patagonia ar sut i daflu Coes Daflu fel ei
bod hi'n dod 'nôl. (Ac yn anffodus i Mr

Gwgus, fe ddaeth 'nôl hefyd!)

Y noson honno roedd pawb mor flinedig fel y cysgon nhw'n drwm. A bu Blew, ci clyfar y llong, yn cropian o'r naill berson i'r llall, yn rhoi cwtsh a chusan i bawb, tan iddo yntau gysgu hefyd.

Cer o' 'ma'r ci dwl!